Floriane Brement

RÉCITS (PRESQUE) MYTHOLOGIQUES

Les hommes, ces zéros

A Cléo

De nuit ou de jour

Il fait nuit… Non, c'est le matin. Il fait froid. Le soleil brille. Je suis frigorifié. Je cours jusqu'à une maison et tambourine à la porte. S'il vous plaît ! Ouvrez-moi ! Il fait nuit ! Il fait froid ! J'ai faim ! On ouvre… Non ! Ce sont elles ! Elles m'ont retrouvé ! Vite ! Il faut partir ! Profiter de la nuit… Mais c'est le matin et le soleil brille. Ou bien est-ce encore la nuit… Je ne sais pas. Au secours ! Vite ! Il faut partir ! Elles aiment me poursuivre la nuit ! Elles vont plus vite ; il faut partir ! Une nouvelle cité. Je dois gagner une autre cité, une cité où elles ne pourront pas me retrouver. Le chemin est là, juste devant moi. Tout ce qui reste de mon passé m'accompagne. Je le porte et il vit en moi. Il fait nuit noire. La chaleur me brûle la peau. Je sens que je transpire.

Je les entends tout à coup. Elles sont là. Sueur chaude. Sueur froide. Elles sont bien trop rapides. Je ne leur échapperai jamais ! Je suis en danger ! Je dois me cacher ! Je presse le pas. Vite ! Vite ! Ici ! Il y a un trou. C'est une petite grotte. Je vais pouvoir me cacher et souffler un moment. Elles vont perdre ma trace et je repartirai. Je m'accroupis et enfouis ma tête entre mes genoux. Je suis fatigué. Je veux me reposer. Sans que je le décide, mes paupières se ferment. Dormir. Juste un petit peu…

Brise fraîche. On rampe, on glisse, on siffle. Je rouvre les yeux. Non ! Elles sont là ! Déjà ! Pourquoi ? Cela ne se terminera jamais ! Je me redresse et sors aussitôt. Je manque de bousculer un petit garçon et son père le presse contre lui comme pour le protéger. Je leur fais peur. Ce n'est pas de moi qu'il faut avoir peur mais d'elles ! Il faut partir ! J'ai peur ! J'ai peur ! Je cours ! Je cours ! Il fait nuit. C'est bien pour fuir. Il fait jour. Elles n'aiment pas la lumière. Il fait nuit, il fait jour, je ne sais pas. Il faut partir ! Je demande mon chemin mais on s'éloigne quand j'approche. Personne ne comprend. J'ai besoin d'aide. Je dois leur échapper. Vite ! Un chemin ! On m'en indique un du doigt. Enfin. Le chemin est long, escarpé et sinueux. Ce n'est pas un chemin, c'est une ascension. Est-ce un piège ? Je ferme les yeux. Je cherche une solution.

Brise glaciale. Elles sont là. Elles sont derrière moi. Je n'hésite plus. Je me lance à toute allure. Je suis essoufflé. Le chemin est long mais je ne peux pas m'arrêter. Soudain, je me fige devant une haute tribune, semblable à des gradins de théâtre. Quel genre de spectacle se déroule ici ? Trois hommes sont se tiennent côte à côte et me toisent. L'un d'eux me sourit et m'indique le centre de la place comme si j'étais attendu.

— Bienvenue à l'Aéropage, claironne-t-il.

Je les regarde tour à tour. Je ne comprends pas. Où suis-je ?

— Les dieux vous ont conduit ici. Prenez place. Votre jugement va commencer.

Mon sang se glace. Par Zeus tout puissant, quel est cet endroit ? Le regard pressant des trois hommes m'invite à prendre place à l'endroit indiqué. Je suis cloué sur place. Tétanisé. Mes jambes bougent d'elles-mêmes au bout d'un certain temps. Maintenant, les trois hommes me dominent de toute leur hauteur. Un danger plane au-dessus de moi. Je ne sais pas ce qu'ils me veulent. Machinalement, je sors un vêtement sale et dégage la chose qu'elle cache : un glaive noir maculé d'un sang sombre et sec. Un présent de mon père.

— Est-ce l'arme du crime ? me demande l'homme sur la gauche.

Sa voix est tranchante. Nulle compassion dans sa voix. Les larmes montent, ma vue se brouille. Il fait nuit. Nuit noire. La brise est fraîche dehors. Elles sont là…

— Tout ce que j'ai fait, je l'ai fait pour mon père.

C'est la vérité. Depuis le jour où on est venu me chercher, j'ai vécu pour mon père. J'étais obsédé par lui. Je voulais qu'il soit fier de moi. C'était comme une idée fixe. Je devais le rendre fier. Les trois hommes me dévisagent. J'ai l'impression qu'ils sondent mon âme, qu'ils transpercent mon cœur. Je tremble devant leur regard scrutateur. Père, viens à mon secours !

— Expliquez-nous, ordonne celui qui se trouve à droite.

— J'ai grandi à l'écart de ma famille, loin de mon père, de ma mère et de mes sœurs. Je n'ai manqué de rien. Mon précepteur m'a bien éduqué, mais je n'étais pas complètement satisfait. Je ne vivais que dans l'espoir de revoir ma maison et mon père. Je comptais les jours jusqu'à nos retrouvailles. Lui en conquête, moi en exil. Le soir de mon vingtième anniversaire, un héraut a rendu visite à mon hôte. J'étais avec lui quand il a annoncé la nouvelle : mon père était rentré mais ne m'avait pas attendu. Il avait entrepris un nouveau voyage et de celui-ci, il ne reviendrait jamais. Il était parti aux Champs-Élysées. La douleur a rempli mon cœur. Je suis parti. Il fallait partir ! Je devais me rendre sur place pour comprendre.

Je m'interromps. J'ai les yeux mouillés de larmes. Je me remémore mon périple à travers les terres, je me revois plus miteux qu'un mendiant.

— C'est au pied de son tombeau que la vérité m'est apparue. Il n'était pas seulement mort. Il avait été assassiné. Je suis allé chez lui, chez moi, et je l'ai vengé. Avec son présent.

Voilà les mots sont sortis. Toutes ces nuits, tous ces jours à fuir. Je suis sale du sang de l'assassin de mon père. J'entends encore son cri quand je frappe. Je vois encore sa peur et sa détresse quand elle me reconnaît. Père, tu as payé de ta vie, je l'ai privée de la sienne. Je l'ai fait pour toi. J'étais l'instrument de ta vengeance. J'étais ton Érinye. Maintenant, elles me poursuivent. Pourquoi ? Quand la nuit se lèvera-t-elle ? Ruisselant de larmes, je tombe à genoux

— Tout ce que j'ai fait, c'est pour lui. J'ai accompli mon devoir de fils.

Mes gémissements me semblent terriblement faux malgré leur vérité. J'ai défendu mon père mais contre qui ?

— Mère, je vous demande pardon. Vous étiez coupable. Vous avez volé la vie de mon père bien-aimé mais il ne m'appartenait pas de disposer de la vôtre.

Mes bourreaux m'observent, silencieux.

— Grands dieux, pardonnez-moi. Dites-moi ce que je peux faire pour expier ma faute.

— Fils d'une lignée maudite, écoute-moi, me répond le juge du milieu. Les dieux t'ont conduit ici. Ton grand-père, le premier, a souillé votre famille. Le sang est l'unique héritage des Atrides. Mais cela doit cesser. Toi seul as eu le courage d'affronter le tribunal. Tu es coupable du meurtre de ta mère. Pour cette raison, tu es devenu fou. Les Érinyes sont dans ta tête, jeune homme. Elles ne sont que ta culpabilité grondante. Elles t'ont châtié, te châtient et te châtieront encore si tu retentes pareil méfait. Relève-toi. Tu es venu matricide. Repars gracié, Oreste, fils d'Agamemnon.

Je me lève. Le voile noir du ciel se lève enfin. Les sœurs diaboliques se taisent. J'étais un fils maculé de sang mais mon procès m'a lavé. Je suis libre.

La justice est née à Athènes.

Le fils de l'architecte

Que des excentriques. Cette famille n'abritait que des excentriques. Voilà ce qu'ils étaient tous. Mais quand ce gamin s'était mis à vagabonder dans les rues, les habitants s'étaient dit qu'ils tenaient peut-être le bonhomme censé de la lignée. Il discutait bien, le petit gars. Il parlait bien, il abordait les sages et leur posait des questions pertinentes. Bref un bon garçon. Mais un soir son père et ses inventions loufoques l'ont rattrapé. Il a cessé de sortir, il s'est enfermé dans le labyrinthe maudit avec le fou. D'aucuns disaient que c'était le roi qui les y avait jetés le vieux et lui, mais c'était faux : l'architecte, fier de sa création et de l'isolement qu'elle procurait, s'y était exilé de lui-même et avait embarqué son garçon à l'intérieur. Ce dernier en ressortait de temps à autres mais il avait changé : on ne le voyait plus que pour acheter à la hâte telle ou telle matière première, réparer tel ou tel instrument.

La rumeur courait que le gamin aidait son père dans l'élaboration d'une machine extraordinaire. Cela faisait sourire beaucoup de monde : certes, l'architecte avait conçu le plus important et le plus phénoménal labyrinthe de tous les temps mais ce n'était pas un inventeur. C'était un architecte, rien de plus, et son gosse n'était rien d'autre qu'un gosse.

Les jours, les semaines ont passé et enfin le gamin est ressorti : les garçons et les filles de son âge ont fait foule autour de lui. Des plus jeunes puis des plus âgés intrigués par la masse qui ne faisait que croître ont accouru à leur tour pour admirer le phénomène : quatre grosses roues de bronze tirées par quatre chevaux forts et robustes… et une nacelle. Une nacelle en bronze si belle et si imposante qu'elle pouvait faire pâlir les dieux de jalousie. Deux grandes ailes d'or étaient peintes sur ses flancs. Peintes ou soudées ? Le trompe-l'œil était d'une finesse extraordinaire. « C'est ma voiture » déclara-t-il malicieusement. Pourquoi un nom aussi étrange pour nommer un char, une invention que tous connaissaient ? Cependant, lorsqu'il lança sa « voiture » comme il disait, elle partit si vite qu'on ne le vit plus. Puis il réapparut soudainement. Non de non, le gamin battait des records de vitesses ! Les anciens comprirent ce changement de nom : ce n'était plus un char mais bel et bien une nouvelle invention : une voiture ! Tous restèrent ébahis devant cette merveille, puis le plus admiratif frappa fort dans ses mains. Il fut très vite suivi. Et la foule applaudit. Peut-être qu'être excentrique avait du bon en fin de compte. La voix grave et rauque du vieux père jaillit sèchement pour ramener son fils à l'intérieur. Aussi l'éphèbe rentra-t-il, tout penaud. Les curieux se dispersèrent, déçus que le spectacle s'achève si brusquement. En secret, le plus effronté maudit l'architecte et sa rigidité maladive. Et la foule applaudit.

Par chance, le lendemain, le gamin échappa à la surveillance du vieux fou et exhiba une nouvelle fois sa voiture : des améliorations avaient été apportées. Dans la nacelle, on trouvait à présent un long manche relié aux rennes des chevaux. Le jeune garçon fit une démonstration : il lança sa merveille à toute vitesse puis tira sur la commande. Les animaux cessèrent aussitôt de courir, les roues s'arrêtèrent. En somme, il avait créé un frein. Émerveillés, les curieux s'époumonaient. Fort de ce nouveau succès, le gamin s'élança à nouveau, plus prompt que le vent, plus vif que l'éclair. Les roues ne touchaient presque plus le sol tellement il allait vite, si bien que les ailes sur les côtés semblaient s'animer, participant à la fête et l'aidant à voler. La course se poursuivit un long moment, le jeune garçon conduisant toujours plus vite, quittant toujours plus le sol dans son élan. Mais comme la veille, son vieux bougre de père finit par faire cesser le jeu, cette fois-ci de façon plus virulente que la veille. L'architecte fit descendre son gamin par la peau du cou et lui cria :

— Je t'ai interdit de toucher à cette chose ! La voiture est trop dangereuse pour toi ! A quinze ans, on n'a pas l'âge pour cela ! Rentre tout de suite !

Au fond d'eux, les plus anciens et les plus sages savaient qu'il avait raison. Pourtant, ils ne surent masquer leur déception. C'est vrai quoi ? Depuis que le héros avait détruit le monstre du labyrinthe, on n'avait plus aucune distraction digne de ce nom. Mais on ne va pas à l'encontre de l'autorité paternelle. Surtout en Grèce. Aussi, tout penaud, l'adolescent rentra-t-il de nouveau.

Plusieurs jours s'écoulèrent sans qu'on ne le revît. L'excentricité et l'autorité du père semblaient avoir fait effet. Les moins passionnés par son joyau commençaient même à l'oublier. Mais enfin, le jeune homme ressortit de sa tanière et présenta à ses admirateurs les plus zélés ses derniers ajouts : de nombreux boulons ici et là, des câbles pour accentuer la pression du manche et une voile pour se servir du vent comme accélérateur. Du grand art. Et la foule applaudit. Et comme les deux autres fois le garçon fila, et comme les deux autres fois, il allait si vite qu'il ne roulait plus mais volait. Les ailes de la nacelle avait pris vie et lui offrait la félicité d'un vol plané. Tous admiraient la voiture et ses pouvoirs. Le gamin était le maître d'un engin divin. Et cette fois encore, il battait des records. Et la foule applaudit.

Mais cette fois, alors qu'il longeait la côte grecque et la récente mer Egée, une fillette traversa imprudemment la chaussée. Cette fois, il dut tirer fort sur le manche pour stopper le bolide. Si fort que les chevaux se cabrèrent, que les câbles qui reliaient les animaux au frein cassèrent net et que toutes les autres commandes cessèrent de répondre. La voile, jugée inutile et dangereuse par son père, entraîna le véhicule désormais sans maître vers les bords de la route et précipita la nacelle dans le vide en projetant son pilote qui s'éleva dans les airs contre son gré. La foule qui s'était précipitée vers le lieu de l'accident se demandait pourquoi les ailes sur les flancs restaient immobiles cette fois-ci. Les rayons du soleil matinal firent briller le jeune homme et la carcasse métallique une dernière fois avant que les eaux tumultueuses de la mer Egée ne les engloutissent tous les deux.

Les plus hardis et les plus forts se jetèrent à l'eau pour sauver le jeune homme et sa création. Après de nombreux efforts, on n'en ressortit que cette dernière. Les courants avaient emporté le gamin, mort, au loin. Alors, le vieux père que personne n'avait voulu écouter arriva en courant pour réclamer son fils. Un téméraire lui raconta l'accident en ces termes :

Icare, poussé par ses exploits et en dépit des recommandations de Dédale, s'était envolé une dernière fois et s'était approché trop près du soleil si bien que ses ailes avaient brûlé.

Et la foule tristement applaudit.

Vengeance aux Enfers

émésis, funeste Némésis, tous t'oublient mais toujours tu sévis ! Quel crime as-tu laissé impuni ? Aucun, je le crains.

Quel crime je paie aujourd'hui ! Ô quel crime ! Le seigneur d'En-Dessous veut me faire payer mon audace. Pauvre fou que je suis. Un dieu ne pardonne pas aisément un tel forfait. Quelle folie s'est emparée de moi lorsque j'ai accepté de suivre cet homme ? Je le croyais mon ami. Un ami. Quel ami ? Quel ami se met en tête d'enlever la reine des Enfers ? Je l'entends gémir à côté. L'un comme l'autre, nous payons notre effronterie. Il subit son châtiment près de moi. Pourtant, je ne le vois pas. L'obscurité m'entoure, le froid m'envahit et rafraîchit la pierre sur laquelle je suis attaché. Je suis retenu prisonnier aux Enfers. Je ne reverrai jamais la lumière du soleil.

Némésis, ta colère est sans égale ! Déesse de la Vengeance, tu portes bien ton nom ! Je voudrais te demander pardon mais je te sais sourde aux suppliques. Pourquoi les écouterais-tu ? Tu es le dernier rempart des offensés. Qu'ai-je fait ? J'ai si froid. Viendra-t-on à mon secours ? Cruel déshonneur pour un héros d'implorer de l'aide. Est-ce là mon châtiment ?

J'ai l'impression de voir une silhouette gracile avec des cheveux blonds. Je crie à l'aide mais je n'entends que l'écho de ma voix déchirant le silence. Je suis seul. Mais ces cheveux blonds ? Ce corps de femme ? Le vent glacial siffle. Il semble me rapporter un rire moqueur. Est-ce le fruit de mon imagination ? Suis-je en train de devenir fou ?

Cheveux blonds, corps gracile…

Mon esprit vogue au loin, cherchant ma jeunesse passée. Je revois son ombre. Quel crime expié-je aujourd'hui ? Mon effronterie ou un forfait plus ancien ? J'entrevois la silhouette d'une femme dans mes songes mais je suis incapable de me rappeler son visage. Je l'ai aimée pourtant. Je me souviens l'avoir aimée tendrement. Je me rappelle la douceur de ses caresses sur ma peau. Mais il fait trop froid pour m'en remémorer leur chaleur. Serait-ce elle qui se venge après tout ce temps ? Non, sa sœur s'en est chargée. Et pourtant… Cette folie qui m'a conduit à cette mission suicide, serait-ce en fait l'expiation de ce crime ? Je ne sais plus quoi penser. Je n'ai connu qu'une femme ressemblant à cette ombre narquoise. A-t-elle ressenti ce désespoir, ce vide profond après mon départ ? Comme je regrette le mal que je lui ai fait !

Ô Zeus tout puissant, j'implore ton aide. Apaise la colère d'Hadès ! Calme les ardeurs de la fougueuse Némésis !

Les sinistres Bienveillantes volent au dessus de moi. Je leur crie de m'aider. Et je crie à nouveau, de douleur parce que l'une d'elle m'a griffé. Cet autre cri me vaut une nouvelle griffure. Je me mords la langue mais je reste silencieux. Le message est clair : ici, on souffre en silence.

Je verse des larmes. Une Harpye arrive, plante ses serres dans ma poitrine et presse ses lèvres monstrueuses contre mon visage. Elle aspire les gouttes salées avec véhémence. J'ai l'impression qu'elle va m'arracher les yeux. Je hurle de douleur. Non ! Pardon, divine Bienveillante ! J'encaisse une nouvelle griffure pour expier mon forfait. Erinyes et Harpyes s'éloignent quelque peu. Mais elles sont encore proches. Je le sais, je le sens. Elles attendent pour me punir encore. Le message est clair : ici, on souffre sans larmes.

Je repense à elle. Elle au moins avait le droit de crier et de pleurer. Elle avait un espoir de s'échapper. Osé-je envier son sort, moi, son bourreau ? Le froid mord toujours plus ma peau. Le silence agresse mes oreilles. La nuit m'aveugle.

Depuis combien de temps suis-je ici ? Combien de temps supporterai-je ceci ? Je peine à rester éveillé. Je me sens faible. Mes enfants me regrettent-ils ? Pas celui que j'ai stupidement mené à la mort. À cause d'elle. Elle m'a envoyé sa sœur pour que je l'aime à son tour, et, pour qu'elle s'éprenne de lui, de mon fils, de mon aîné. Elle m'a envoyé sa sœur pour que la jalousie me ronge et que je devienne l'instrument de mon malheur. Il a fallu que j'aime deux sœurs. Se sont-elles retrouvées aux Champs-Élysées ? Savent-elles que je suis retenu ici si près d'elles ? Se réjouissent-elles de mon sort ? J'ai toujours cru que le destin tragique d'Hippolyte était l'expiation de mes erreurs du passé. Je n'en suis plus si sûr aujourd'hui.

On m'a abandonné. Je suis seul comme elle auparavant. Je ressens sa détresse passée, son impuissance. Je te demande pardon ! Pardon encore et encore ! J'étais un bel idiot prétentieux. Chaque minute passée ici me montre à quel point j'ai été cruel avec toi. Puisses-tu un jour me pardonner !

Des mains rugueuses s'attaquent à mes liens. Je me redresse, je veux le remercier, le bénir au nom de tous les dieux mais ses doigts solides se plaquent sur ma bouche. Je hoche la tête. J'ai compris. Les liens se brisent. Je me lève. Je suis la silhouette masculine qui déjà s'éloigne à grandes enjambées. La peur me redonne des forces. Elle me glace les veines autant qu'elle me fait avancer. Je dois quitter cet endroit quoi qu'il m'en coûte.

Il court, court, court toujours. Enfin ! La voici ! La lumière ! Je le double et retrouve la terre de mes ancêtres. Je baise le sable chéri puis les pieds d'Héraclès, mon sauveur. Soudain, le souvenir de Pirithoos, toujours captif, me revient. Je me précipite vers le gouffre que je viens de quitter mais mon ami me prend par le bras et me tire en arrière.
— Que fais-tu pauvre fou ? Ce supplice ne t'a-t-il donc pas suffi ?
— Pirithoos, mon ami ! Il est encore là-bas. Je dois le secourir !
Il me regarde d'un air compatissant.
— J'ai obtenu une faveur de mon père. Il m'a laissé te sauver mais ton ami devra rester sur la Chaise de l'Oubli.

La Chaise de l'Oubli ? Je me remémore mon supplice. J'ai été enchainé sur un banc en effet. Cette monstruosité porte bien son nom :

on se sent oublié si bien qu'on parvient à occulter les personnes à nos côtés. Je l'ai oublié. Je l'ai abandonné lui aussi.

Est-ce cela mon destin ? M'en sortir toujours en laissant quelqu'un derrière moi ? Ne se souviendra-t-on de moi que comme du héros qui a laissé la malheureuse Ariane sur une île et le pauvre Pirithoos à un sort pire que la mort ? Est-ce ainsi que l'on se souviendra de Thésée, fils d'Égée ?

Malédiction

*L*a belle île de Lemnos était peuplée de sinistres habitants. Tous pensaient qu'elle était frappée d'une malédiction. Leur dernier arrivant le prouvait bien…

Nul n'avait connu de plus valeureux jeune homme dans la cité. Fort et courageux, il avait tout pour devenir le prochain héros qui bouleverserait les cieux. Les garçons rêvaient de lui ressembler, les pères souhaitaient lui donneur leur fille à marier. Le fait même que le demi-dieu Héraclès lui ait fait offrande non seulement de son amitié mais également de son arc magique et de son ultime secret l'érigeait au rang de mythe.

Pour l'instant il n'en avait que faire. Il rêvait de gloire et de succès. Quel modèle pour un garçon, quel mari pour une femme ferait-il, s'il ne gagnait rien ? Il convoitait donc une guerre comme on n'en avait jamais vu. Il priait silencieusement les dieux pour surpasser son défunt ami vénéré dans toute l'Hellade. Le secret lui garantissait déjà une certaine renommée mais il voulait plus.

Or les jours filaient et son heure tardait. Il craignait que restant oisif, il ne perde sa verve et son talent au combat. L'attente l'ennuyait. Même le secret perdait de sa saveur. On ne le questionnait plus dessus si bien que l'agacement succédait progressivement à l'impatience. L'hybris envahissait son cœur.

Une énième aube pâle vit le jour et les rayons d'Hélios brillèrent une fois de plus, sans éclat pour le jeune homme qui rongeait son frein. Le héros était las d'attendre son heure. Il commençait à vieillir et bientôt sa chance serait passée. Le sort était cruel ! Pourquoi Héraclès avait-il eu droit à tous les honneurs mais pas lui ? Son trépas même était noble et glorieux. La rage et la déception continuaient de le ronger. Cruel monstre que celui qui te dévore de l'intérieur…

Au large un navire accosta et de beaux hérauts marchèrent à sa rencontre. Croyant son heure enfin arrivée, il les accueillit en souriant. Cependant sa bonne humeur se consuma bien vite lorsqu'il reconnut les boucliers de l'empoisonneuse de Nessos. Les hommes venaient pour Heraclès et non pour lui. Même mort son ami restait au centre de l'attention. Le héros ne dit donc rien et attendit que le héraut prenne la parole :

— Noble seigneur, ma maîtresse, la belle Déjanire, par mes mots, s'agenouille et vous implore. Vous seul connaissez l'emplacement des cendres du divin Héraclès. Permettez que cette épouse fasse amende honorable.

— Votre maîtresse a assassiné le héros de tous les héros. Mourant, il est venu à moi et m'a remis son arc et son carquois en échange de mon silence. L'emplacement de ses cendres est un absolu secret. J'ai prêté serment à son enveloppe mortelle de ne jamais divulguer le lieu de son repos éternel. Jamais mes lèvres ne rompront ce pacte sacré.

Il avait répondu avec amertume cette leçon si bien apprise. Il était le gardien du secret, celui des cendres d'Héraclès, l'homme qu'il jalousait le plus au monde. Le messager, dépité, s'inclina respectueusement. Quand il se redressa ses yeux brillaient plus qu'Hélios sur la terre.

— Ami, tes lèvres sont closes mais dame Déjanire saura te remercier. Si elle était présente, elle baiserait ce pied béni, pilier d'un homme vertueux.

Puis les hérauts s'éloignèrent. Surpris, le gardien baissa les yeux et l'horreur l'envahit : ce que les lèvres avaient dissimulé, son corps l'avait révélé. Le pauvre homme avait machinalement tracé dans le sable la direction à suivre. Le jeune homme voulut les arrêter mais il était trop tard. Aussi comme tout coupable qui se berce d'illusions, il se rassura en se disant que son information était trop vague pour que l'on retrouve Héraclès.

La nuit venue, il fit un songe funeste : l'ombre du mort le visita et lui garantit qu'il paierait son crime par là-même où il avait péché. L'homme se réveilla en sursaut et contempla les ténèbres. Aucune trace de fantôme. Après cela, il n'eut plus de visite nocturne. Les jours passèrent. Les mois devinrent des années si bien qu'il oublia la terrible malédiction.

Son jour vint enfin. La fille de Tindare avait été enlevée par un prince troyen et, fidèle au serment des prétendants, il se joignit à l'expédition pour la ramener. Il se munit de son arc magique et de ses flèches, ultime présent d'Héraclès et monta sur le navire. Mais voilà qu'un serpent noir le mord la cheville ! Il hurle de douleur tandis que le croc venimeux le transperce. Alors qu'il s'écroulait, il lui sembla entendre un rire revanchard…

La belle île de Lemnos était peuplée de sinistres habitants. Tous pensaient qu'elle était frappée d'une malédiction. Leur dernier arrivant le prouvait bien : il avait trahi Héraclès pour conquérir la gloire. Mais on la lui avait ravie et on l'avait trahi. On l'avait abandonné, boiteux, le livrant à la mort. Trahi et abandonné sur cette île maudite avec son pied enflé et nauséabond, Philoctète pleurait sa gloire perdue, l'arc de son bourreau à la main.

Comme la pudeur l'indique…

Skyros est l'une des plus belles îles de Grèce… mais également l'une des moins armées. C'est sans doute la raison pour laquelle les deux frères n'ont pas appelé Lycomède, son vieux roi, à affréter ses navires. Le bon monarque n'a pas insisté et personne sur son île ne le lui a reproché. Les femmes gardent leur époux, les vieillards conservent leurs fils, les hommes restent en vie. Tout le monde est content. Tout le monde ? Peut-être pas. Des bruits courent. Des rumeurs se propagent. Le Mycénien ne peut pas partir à la guerre car les Myrmidons ne sont pas prêts. Voilà qui est étrange. Cela ne ressemble pas aux habitants de Phtie, ses voisins. Lycomède scrute le marchand qui lui a rapporté la nouvelle. Il est sûr de lui : il a voyagé d'Ithaque à Mycènes pour son commerce, tous rapportent la même chose. Le monarque jette un coup d'œil autour de lui. Sa fille et son inséparable amie n'ont pas manqué une miette de la conversation. Il les regarde à la fois attendri et contrarié. Il aimerait les marier toutes les deux tôt ou tard mais si Agamemnon retient les Achéens, il ne pourra jamais les donner à un valeureux guerrier. Déidamie est belle et fraîche, elle a tout pour plaire. Seule sa meilleure amie, dont les cheveux flamboient timidement sous leurs voiles, rivalise en beauté avec elle. Elles feront de bonnes épouses toutes les deux : elles sont jeunes et discrètes. Tout ce dont elles ont besoin, c'est d'un héros… mais encore faut-il qu'il parte à Troie pour s'y couvrir de gloire. Oui, Lycomède est bien contrarié. Il voudrait que le marchand ait tort et pourtant il ne l'apprécie que davantage de ne pas lui avoir dissimulé la vérité. Il fait signe à un esclave pour qu'il le conduise prendre un bain avant le souper. Il s'incline puis s'exécute non sans avoir accordé un dernier regard aux filles qui ont baissé les yeux comme la pudeur l'indique. Oui, elles feront d'excellentes épouses.

Le soir même, Lycomède rappelle le marchand et l'invite à sa table. Il est friand de ses histoires et celui-ci se montre à la hauteur. Il décrit une à une les mille nefs qui attendent le départ, il fait l'éloge des héros déjà présents et dont la réputation n'est déjà plus à faire : le puissant Ménélas, le sage Nestor, les deux Ajax, le brûlant Diomède... Les yeux du vieillard brillent d'émotion. Il repense à ses conquêtes passées. La plus grande des batailles se prépare. Mais ce soir, il n'y a pas de place pour l'exploit des hommes. Ce sont les femmes qui s'illustrent : un pauvre esclave, terriblement maladroit, dérape et laisse s'envoler sa corbeille de fruits. Raisins, noix, olives côtoient le ciel mais déjà les dames déploient leurs robes pour les rattraper. Grâce à elles et à leur prodigieux réflexe, il n'y a que très peu de pertes. Lycomède se rapproche d'elles et les remercie, fou de joie. En effet, la guerre arrive et il n'est pas temps pour les gaspillages !

— Sacrées femmes ! sourit le marchand. Il n'y a bien qu'elles qui puissent surprendre nos yeux et insuffler de la joie dans nos cœurs !

Le bon Lycomède approuve pendant que les deux amies, à l'initiative du sauvetage inattendu, remettent les fruits dans la corbeille, têtes baissées comme la pudeur l'indique.

Le lendemain, les vents se sont levés. Eole est dans un bon jour. Lycomède sait que le bon marchand, auquel il s'est attaché, va reprendre la mer et profiter de son commerce tant que la paix le permet. Il le convoque au palais pour qu'il fasse étalage de ses babioles avant son départ. Le monarque a en effet autant envie de le garder près de lui un peu plus longtemps que de gâter ses filles qui l'honorent bien. Se présentent ainsi merveilles de bijoux : tout est d'or, d'argent ou de bronze. Elles se jettent toutes dessus, à l'exception bien entendu de sa douce Déidamie et de son inséparable amie, plus mesurées, comme la pudeur l'indique. Lycomède leur sourit et les engage à prendre ce qui leur plaît. Elles s'approchent donc à leur tour.

— Non ! Ne prends pas ça ! s'écrie soudain Déidamie.

En effet, son inséparable compagne, la silencieuse Pyrrha, s'est saisie d'une épée longue et dure qu'elle tient d'une main experte.

— Pourquoi le lui interdire ? intervient soudain le marchand, le visage radieux. L'Hellade toute entière l'enjoint à s'en saisir et à la brandir au combat.

Tous les témoins, Lycomède le premier, reportent leur attention sur les éclats de voix et découvrent ainsi Déidamie, qui pâlit et le marchant qui sourit, tenant tous deux Pyrrha par un bras.

— La ruse de Thétis n'a su me tromper moi. Néanmoins je dois reconnaître que sans l'aide de cet esclave, je me serais laissé prendre. Hier, j'ai éprouvé plus de joie que votre bon roi car ce qui m'était caché s'est enfin dévoilé.

Pyrrha, le visage grave, l'épée toujours à la main, prend alors la parole d'une voix qui n'a rien de féminin :

— Qu'est-ce qui m'a trahi pour qu'un simple marchand déjoue les plans d'une déesse ?

— La robe, mon cher, la robe. Hier, toutes ont écarté les jambes pour accueillir les fruits dans leurs voiles. Toutes sauf toi. Toi, tu les as serrées. Après cela, il ne me restait qu'à confirmer mon hypothèse et tu l'as confirmée avec brio. Toutefois ne te montre pas trop sévère avec toi-même. Nulle ruse ne saurait tromper le fils de

Laërte. Maintenant, ôte cet accoutrement grotesque, fils de Pelée, et embrasse avec moi ton destin.

La belle Déidamie est blanche de chagrin mais Pyrrha rougit de plaisir. Déjà, elle retire ce qui la cache, dévoilant le secret si bien gardé. Le Malicieux lui donne en échange casque, armure, bouclier et jupe plissée du combattant. À présent revêtu de ses attributs, il défie le monde.

— Les Myrmidons attendent leur chef, explique le roi d'Ithaque.

Il acquiesce, brûlant d'impatience. Les hommes sont faits pour la guerre, un fils de déesse plus que les autres.

Ainsi, Déidamie, effondrée, laisse Ulysse emmener Achille. Les amants se quittent sans mot dire, comme la pudeur l'indique.

Promenade entre hommes

À cet âge, cela gazouille, cela dort et mange beaucoup. C'est assez peu intéressant en somme. Et pourtant il s'agit d'un puits de joie inépuisable. Il pourrait rester des heures à le regarder jouer et rire. Des heures, immobile à observer ce petit bout d'humain, débordant d'amour.

Il le sort de son berceau. Le petit être semble frêle dans les bras puissants de son père. L'un fragile bourgeon au début du printemps, l'autre aussi vigoureux qu'un étalon filant au gré du vent. Il le fait sauter dans ses bras et son rire cristallin est le plus beau son du monde.

— Viens, chuchote-il. Juste toi et moi, entre hommes.

Il le porte hors de sa chambre et le bambin, d'une curiosité infinie, ouvre les yeux à la nouveauté. Les couloirs familiers du palais revêtent déjà un intérêt particulier pour lui. Il pointe son index blanc en direction des colonnes qu'ils dépassent au rythme des pas paternels. Ils atteignent la porte d'entrée, majestueuse et resplendissante, à l'instar de la cité qui rayonne.

— Regarde-la mon fils. Elle garde notre maison. Elle est comme nous. Droite et fière. Juste en face, c'est le temple d'Apollon.

Il lui désigne un monument semblable à une rotonde qui s'élève non loin du palais. Ils font quelques pas pour l'atteindre mais s'arrêtent sur le seuil.

— Nous ne pouvons entrer, fait-il au garçonnet qui tend les bras en direction de l'embrasure. Les prêtes font des libations pour le dieu du soleil en ce moment. Il ne faut pas les déranger. Ce n'est rien, j'ai plein d'autres choses à te montrer. Notre cité, mon fils, regorge de merveilles.

Il parle avec tendresse et le petit garçon sourit. Le père les conduit tous deux jusqu'à l'imposante rampe de pierre qui permet l'accès à la ville basse.

— Nous ne la parcourrons pas toute entière car elle s'étend sur une trentaine d'hectares. Nous manquerions le repas et ta mère serait furieuse.

L'enfant pousse un cri joyeux. Ils viennent d'atteindre l'agora et son âme innocente a aperçu un bœuf. Des commerçants occupent la place. Son géniteur rit à son tour. Il le conduit vers deux bâtiments publics. Ils pénètrent à l'intérieur du premier. Des hommes d'âges mûrs s'entretiennent avec animation, assis en cercle sur des espèces de gradins. Certains l'aperçoivent et inclinent respectueusement la tête dans sa direction. Le père leur rend leur salut tandis qu'il explique au bébé :

— C'est le *bouluterion*, la salle des conseils. Ces hommes que tu vois sont chargés des affaires courantes de notre ville. Nous allons les laisser car ils ont l'air très occupés aujourd'hui.

Ils quittent donc le monument et gagnent celui adjacent, vide et silencieux. Les pierres chantent la mélodie de leurs pas. C'est *l'odeion*. Ils se promènent dans cet édifice rectiligne et le bon père longe le mur de scène jusqu'à la *cavea* puis les assoit un instant sur les premiers gradins.

— Quand tu seras plus grand, je te ramènerai ici écouter les plus belles musiques d'Orient et d'Occident.

Cependant la courbe d'Apollon commence à décroître et ils n'ont pas achevé leur tour. Ils se remettent donc en route. La prochaine étape c'est le mur d'enceinte. Les doigts de l'enfant, à l'aube de leur vie, caressent la force ancestrale du rempart.

— Poséidon en personne l'a bâti et il sera encore présent bien après la mort de tes petits-enfants.

Ils le longent et passent devant une ouverture. Il y a de la vie : des soldats qui surveillent les entrées et les sorties, des citadins, des commerçants. Ceux qui les reconnaissent s'écartent pour les laisser passer. Le prince les remercie d'un signe de tête. L'enfant imite son geste en direction d'une matrone attendrie. Ils poursuivent leur circuit jusqu'au palais d'Athéna :

— Cette déesse, mon fils, honore-la avec zèle et dévotion. Puisse-t-elle toujours nous souffler l'artifice propice à repousser nos ennemis.

À l'intérieur se trouve une statue de bronze à son effigie. On raconte qu'Athènes en possède une nettement plus imposante, faite d'or et d'ivoire, mais celle-ci n'a pas à rougir. L'enfant veut la toucher mais c'est interdit. Le père se hâte de les faire sortir avant que le petit ne manifeste sa colère en criant. Déjà l'attraction des rues bondées le détourne de sa déception fugace.

— Cela t'a plu ? lui demande-t-il alors qu'ils regagnent à présent la ville haute.

Un gazouillis lui sert de réponse et il baise affectueusement le front de son fils.

— J'espère que cela t'a plu, Astyanax, et que les traits de la cité sont désormais gravés en toi.

Andromaque les attend devant les portes du palais. Elle les regarde approcher, impatiente.

— Où étiez-vous tous les deux ?

Son ton est faussement irrité. Amusé, il embrasse sa chère épouse qui reprend son bébé.

— On s'est promené et on a admiré la beauté de la ville. On doit se souvenir de Troie comme d'une cité pleine de vie et de merveilles quoi que le destin ait prévu pour elle.

Elle est du même avis même si pour l'instant la santé de leur progéniture l'intéresse plus :

— Il est temps pour lui de dîner et d'aller dormir.

Le père sourit, ébouriffe les cheveux de son fils et lui confie un dernier secret.

— Je mourrai pour Troie et pour toi, s'il le faut. Ne l'oublie jamais.

Andromaque emporte Astyanax.

Hector est comme cela. Amoureux et protecteur inconditionnel de sa femme, de son fils et de sa patrie.

Le bon vieillard

C'est un bon vieillard, déclara le maître du logis qui l'accueillait depuis plusieurs semaines à présent. Mais depuis que sa fille est rentrée chez elle, il se laisse aller.

L'homme s'adressait à sa femme et à son fils. Tous se souvenaient parfaitement de cette brunette chétive qui avait escorté le vieil homme jusque chez eux et leur avait quémandé gîte et couverts.

— C'est lui qui a exigé qu'elle parte, rétorqua le fils. Il ne peut pas se plaindre !

— Certes mais elle doit quand même lui manquer, nuança la mère.

La gentille famille interrompit sa conversation. Le bon vieillard arrivait, claudiquant, prenant appui sur son bâton noueux, avançant aussi vite que son âge et sa cécité le lui permettaient. Parce que ses hôtes étaient silencieux, qu'il était aveugle, et, comme souvent, pensif, il se crut seul et clopina jusqu'à l'âtre brûlant où il s'assit en tailleur, prostré. Personne ne lui parla. La famille se retira sans un mot. Le bon vieillard avait besoin de calme.

Le soir, le maître du logis revint le voir. Le bon vieillard pleurait, les mains croisées, maudissant le jour où il était venu au monde, maudissant ses fils qui l'avaient renié. Pourquoi donc avait-il vécu ? Pourquoi le destin avait-il été aussi cruel ? Pourquoi donc aimait-il toujours sa femme après ce qui s'était passé ? Il continua de proférer des plaintes et des malédictions. Le bel hôte n'y tenant plus, tapota doucement sur l'épaule du vieillard pour lui signifier sa présence. Ce dernier sursauta mais se laissa conduire. C'était l'heure du repas. Même si la mort était une délivrance, il n'avait pas le droit de la provoquer. Elle le prendrait quand elle le souhaiterait. Il mangea donc, remercia son hôte et prit congé. Une fois le vieillard éloigné, le maître du logis rapporta ce qu'il avait entendu à son entourage.

— C'est une histoire d'adultère, affirma le fils. C'est toujours une histoire d'adultère.

— Ou bien est-ce une histoire plus terrible encore ! Il a parlé d'une malédiction et de la cruauté des dieux. D'après ce que je sais, il vient de Thèbes. Et si… et si…

Le maître du logis n'acheva pas sa phrase. Il avait entendu parler de cette terrible affaire, du meurtre du roi et du suicide de la reine. Ce scandale avait secoué toute la Grèce. Y avait-il un lien avec ce bon vieillard ? Le maître du logis voulait en avoir le cœur net. Seulement, quand il se rendit dans la chambre de son invité, il réalisa qu'il n'y était pas. Le bon vieillard était parti.

Le vieil Œdipe, qu'il hébergeait gratuitement depuis le départ de sa fille, Antigone, avait quitté le logis. On lui apprit plus tard qu'après avoir repris des forces chez lui, à Athènes, il avait repris la route vers Colone, la cité voisine et destination finale de son exil. Là-bas, il avait disparu dans le bois sacré, ce bois tristement nommé le bois des Euménides, pour s'en remettre à leur jugement et mourir en paix. Roi maudit, le Labdacide leur avait confié ce qu'il restait de son existence. Après cela, plus personne ne l'avait revu.

Qu'est-il devenu ? Seuls les dieux le savent.

Troyen survivant

Ses larmes ne tarissaient plus depuis bien longtemps. Chaque jour lui apportait une nouvelle plus terrible encore. Était-ce donc sa punition pour avoir laissé sa sœur jumelle sombrer dans la folie ? Être condamné à apprendre la mort de tous les membres de sa famille ?

Le jeune homme s'essuya le visage et congédia le messager qui venait de lui conter que ses plus jeunes frères et sœurs, Polydore et Polyxène, à peine âgés de dix ans, venaient d'être ensevelis. Son neveu, le bambin Astyanax, avait lui aussi rejoint la longue liste des priamides aux Champs-Elysées. Seul lui n'avait pas reçu son carton d'invitation. À la place, il rêvait toutes les nuits de meurtres et de cris effrayés. C'était son châtiment, sa punition. Il caressa machinalement les cicatrices qui déchiraient son torse. Pourquoi Thanatos avait-il refusé de l'accueillir ce jour-ci ? Tant de souffrances, tant de victimes parce qu'il n'avait écouté que sa colère. Le souvenir d'Hélène de Sparte revint dans sa mémoire et avec lui ce sentiment aussi vif que familier de trahison. Son frère, Déiphobe, aurait dû la lui laisser. Tout cela aurait été évité….

Le fils de Priam se laissa choir sur le sable. Chère Cassandre, tu allais mourir et tu le savais ! Maudite, personne ne t'a crue ! Esclave, personne ne m'écoute !

Les Grecs s'affairaient autour de leurs nefs envieuses de rentrer dans leur patrie. Elles étaient prêtes à prendre la mer. Pourtant, il ne fallait pas. Les signes l'interdisaient. Il se releva et fila près des hommes qui chargeaient les provisions à bord. Il les mit en garde mais on le chassa sans vergogne.

— Il va y avoir une tempête, prévint-il. Vous ne devez pas…

— C'est le frère de la folle de l'autre fois, railla un homme. Cherche pas, il est comme elle !

On l'attrapa ensuite et on le renvoya avec ses congénères, les sous-hommes. Cela le terrassa. Il avait déjà causé assez de morts. Il se rassit dans le sable, laissa l'écume mouiller ses chevilles et attendit. Personne ne vint le chercher. C'était l'avantage lorsqu'on était un prince d'Ilion : on était esclave certes, mais on gardait pour vous une once de respect et on vous exploitait relativement peu. Il resta immobile, fixant sans ciller le navire de son maître. Il ne le quitta pas des yeux de la nuit, ni le matin lorsque tous s'agitèrent. On vint enfin le chercher pour le forcer à monter :

— Non, répondit-il d'une voix neutre.

Un silence de mort s'abattit sur le camp tandis qu'on allait chercher le héros. Jamais vaincu n'avait encore désobéi si impunément. Il y avait même une certaine noblesse dans ce refus. Quand Néoptolème, fils d'Achille, à qui il avait échu, arriva, il leva les yeux et déclara :

— La mort s'étend devant nous tous : que ce soit sous le coup de la désobéissance ou sous le joug de la tempête, je viens d'assister à mon dernier lever de soleil.

— Fils de Priam, as-tu vraiment le don de voyance comme l'a prétendu Ulysse ?

— Fils d'Achille, conquérant de ma cité, le fils de Laërte m'a fait confiance et t'a ramené sur ce sol où tu as semé le chaos. Ton père avant toi m'a écouté et a massacré mon demi-frère

Troïlos afin qu'il ne devienne pas le nouvel Hector. Vous tous même, peuple Achéen, m'avez écouté en écoutant Ulysse. C'est moi qui, le premier, lui ai prédit qu'il prendrait Ilion par la ruse. C'est moi qui lui ai conseillé de récupérer le paria estropié. C'est moi encore qui vous ai prédit la victoire quand vous ne la perceviez même plus. Aujourd'hui, traître à mon peuple chéri, traître à mon sang, il serait fort regrettable de ne pas m'écouter car tout traître que je suis, je sais ce que je dis.

Il se tut et resta ainsi, assis dans le sable. Néoptolème le toisa un instant avant de lui répondre :

— Ulysse et mon père étaient tous deux valeureux et chers à mon cœur. Ils t'ont accordé la confiance, j'en ferai donc de même. Néanmoins, s'il s'avère que tu m'as menti, Némésis en personne ne saurait trouver de vengeance plus terrible que celle que je t'infligerais !

Un faible sourire naquit sur ses lèvres. Hadès recueillerait moins d'âmes que prévu en fin de compte…

— Diffère ton départ de quelques heures. Tu ne le regretteras pas.

Il se tut et reporta son attention sur l'horizon. Les myrmidons n'eurent pas longtemps à attendre : le ciel s'obscurcit subitement, et très vite, des montagnes d'eau déferlèrent. La mer se mit dans un tel état de rage que même les plus impétueux prièrent pour apaiser la colère des dieux. Seul un restait de marbre, en tailleur dans la boue.

Plusieurs heures s'écoulèrent ainsi puis le calme revint. Néoptolème reparut devant son esclave, sale et dégoulinant, qui se releva enfin :
— Nous pouvons partir à présent.

Le fils d'Achille posa ses mains robustes sur ses frêles épaules et lui répondit :
— Ami, lorsque ton heure viendra et que tu te présenteras devant les trois Juges, n'oublie pas ceci : pour les Moires, une âme est une âme. Peu importe son origine, peu importe son passé, peu importe son destin, une vie est une vie. Tu en as sauvé un nombre considérable aujourd'hui. Toi qui te sentais sali, tu es lavé. Reste avec moi. Tu es mon protégé. Qu'avec toi, les enfants de Troie retrouvent la paix.

Les larmes d'Hélénos, fils de Priam, s'écoulèrent à nouveau. Se pardonner peut produire cet effet. Les larmes se tarissent toujours.

Quelle que soit sa faute, l'on peut se racheter.

Oraison funèbre

La nouvelle est arrivée ce matin. Longtemps on a tardé à savoir qui était le pauvre macchabé. Mais aujourd'hui sa tête a été retrouvée. Aujourd'hui, on l'a identifié. Tout le monde se rassemble, tout le monde pleure autour du défunt. Tout le monde sauf un. Lui ne partage pas les sentiments communs. Les tristes se tournent vers lui et l'apostrophent ainsi :

— Honorable Musée, d'où te vient ton insensibilité ? Pour quelle raison tes larmes ne coulent-elles pas ? Quel motif à ton indifférence quand celui qui était ton maître gît ici ? Regarde celui-ci, avachi. Il est inconsolable. Il noie de ses pleurs ce sinistre fleuve Hébre ; il le sort de son lit si bien que Lesbos toute entière humide à son tour verse des larmes mortifères.

On applaudit. Personne n'aurait su mieux dire. Mais l'ami les regarde, non pas médusé mais fatigué. Aussi un autre ajoute :

— Thanatos, tu as pris la plus belle des âmes. Ô Dionysos, pourquoi cette colère ? Tu as puni le plus fidèles des prêcheurs. Ménades, vous avez assassiné le plus doux des époux.

» Pleurons, pleurons mes frères car nous ne savons ni attendrir celui d'en bas ni braver les Enfers. Mortels, notre destin est de mourir. Mortels, notre destin est de souffrir. Aujourd'hui, rien ne peut combler notre chagrin.

Musée se lève et arpente les rives de Lesbos. Son maître est parti. Il inspire et ferme les yeux. Sa voix brille encore dans ses oreilles. Musée rouvre les yeux et retrouve la vue. Tous le contemplent. Un son cristallin s'échappe de sa bouche. Ce sera la dernière oraison aujourd'hui. Voici ton ultime cadeau, ami :

— Pourquoi donc pleurez-vous ? Comment pleurer celui qui vit toujours ? Comment pourriez-vous le pleurer quand vous l'entendez encore ?

» Déchiqueté, démembré ; je ne le nie. Mais rien ne le brise. Les prêtres rapportent que sa tête chante et appelle encore sa belle. Que ne le croirai-je pas ? Je l'entends encore moi, ici et là. Le goût de sa musique est unique. Je sais que vous l'entendez encore. Concentrez-vous. La nature ? Il l'a domptée. Les animaux ? Il les a apprivoisés. Le cœur des hommes ? Il l'a comblé. Hadès, Cerbère, nul n'a su l'arrêter. Pourquoi serait-il autrement aujourd'hui ? Regardez sa lyre dans le ciel ! Elle ne cessera jamais de jouer ! Elle vibre parmi les étoiles et nous éclaire de ses notes harmonieuses. Écoutez ! Sa voix ne cessera jamais de chanter ! Dans le vent, dans les prés, elle ne cessera jamais de chanter !

Tous ferment les yeux. Le vent siffle. C'est sa flûte. Ô divin Musée, tu as raison ! Tous regardent la pauvre tête décapitée. Ils voient presque ses lèvres remuer. Mais pour l'heure, on écoute encore Musée :

— Il n'est pas seulement mon maître, il est celui de l'univers. Aucun chemin ne lui résiste. Le saviez-vous ? Avec sa voix, il a vaincu les Sirènes. Avec sa voix, il a navigué, il a aimé et fait aimer. Apollon en personne l'a formé ! Dionysos s'est fâché ? Mais ce qu'Apollon crée vit pour l'éternité ! Alors mes amis, il est inutile de pleurer. Nous avons perdu un corps aujourd'hui mais nous n'avons pas perdu son âme ! Son âme, elle, est immortelle. Elle est une voix qui ne s'éteindra jamais et qui nous inspirera toujours. Digne héritier des Muses, il est leur remplaçant. C'est son souffle désormais qui guidera nos vers.

Les acclamations fusent et les larmes se tarissent. Le temps n'est plus au deuil mais à la fête car à présent le divin poète vit et grandit en chacun d'eux. Ils en sont tous convaincus et Musée sourit. Enfin les autres ont compris.

C'est ainsi que Musée a rendu son ultime hommage. L'homme était un musicien. Mais la musique est un don qui vit pour l'éternité. Musée a fait de toi une légende. La musique a fait de toi un mythe, mon cher Orphée.

Tel père, tel fils

Grandir sans père était un lourd fardeau. Atteindre la renommée en raison de ce même père en était un plus grand encore. On l'avait appelé, on l'avait reconnu comme son fils et jamais il ne l'avait regretté. Bien au contraire, c'en était une fierté. Il avait gagné, il avait conquis parce qu'il était son fils.

La paix était revenue, et comme un dernier hommage, il avait pris femme. Pas n'importe quelle femme. LA femme. Celle du plus grand adversaire de son père. Son plus grand adversaire, oui, pas son ennemi. S'il avait plu aux dieux de faire naître les deux hommes dans le même camp, nul doute qu'ils auraient été amis. Il se plaisait d'ailleurs à les imaginer tous les deux aux Champs-Elysées, ensemble, sympathisant loin de la guerre et des inimitiés. Deux hommes grands, illustres et honorables.

Non, les ennemis de son père avaient vécu tout près de lui.

Sans l'avoir connu, il aimait son père. Il aurait aimé passer du temps avec lui, combattre à ses côtés et s'illustrer pour honorer son nom. Mais les dieux avaient eu d'autres plans. C'était la mort de son père qui avait provoqué son arrivée à Troie. Il avait combattu et remporté la guerre. Il avait épousé la Troyenne et elle lui avait donné des fils. Il ne l'aimait pas particulièrement mais c'était sa récompense, c'était un hommage à son père. Posséder la femme de l'homme qu'il avait vaincu. Pour cette raison, quand celle-ci rejoignit l'Hadès où son véritable amour l'attendait, il ne la regretta pas plus que cela.

Ses fils surmontèrent rapidement leur chagrin, et plus vite encore, un ami de son père, un illustre roi de Grèce, lui offrit une nouvelle épouse. Il l'accueillit avec le sourire, sachant bien que ce présent était aussi bien pour l'honorer lui que pour remercier le sacrifice de son père. Bien que n'ayant jamais vécu ensemble, le père et le fils étaient irrémédiablement liés.

L'épousée avait les cheveux blonds de son père. Si la fleur de la jeunesse avait commencé à s'estomper, le miel de la beauté héritée de sa mère perdurait. Il l'observait, le torse gonflé par l'émotion. Il avait jadis éprouvé de l'affection pour cette femme mais il y avait vite renoncé. On la lui rendait aujourd'hui et ce n'était pas sans émotion qu'il la recevait. Pourtant, elle le mit en garde tel l'oiseau de malheur qu'avait jadis été sa mère.

— Ne m'accepte pas.

— Je croyais que tu m'aimais.

Elle le regardait les yeux brillants de larmes.

— Si je t'aime ? Plus que mon cœur ne veut l'admettre mais il n'est plus temps de m'accepter. Je ne suis plus libre. Aussi je te renouvelle ma demande : ne m'accepte pas. Ton père, jadis, a pris une captive. Une seule lui a suffi. Tu en as déjà eu une. Fais comme lui, n'en prends pas davantage. Si tu me prends, je causerai ta perte, je le sais.

— Tu n'es pas une captive mais une princesse, belle Hermione.

Celle-ci lui sourit mais ses lèvres trahissaient une peine plus profonde que celle des âmes perdues sur les berges de l'Achéron.

— Oh si, je suis captive. Captive parmi les vainqueurs mais captive quand même. Je suis

captive d'être la fille d'Hélène, captive d'avoir déjà été promise à un fou. Refuse-moi je t'en prie.
Il n'était pas insensible à sa supplique mais refuser une Atride était un crime. On n'offensait pas la lignée d'Atrée pour une crainte infondée. Surtout lorsqu'on était un Péléide. Il prit donc Hermione aux bras blancs, fille d'Hélène et de Ménélas.

Les années s'écoulèrent, plus belles et sereines les unes que les autres. La malédiction d'Hermione était presque oubliée. Seule une ombre obscurcissait ce paysage. Aucun nouveau fils n'était venu agrandir sa lignée. Sa seconde épouse demeurait irrévocablement stérile. Était-ce le prix à payer pour avoir accepté un présent de plus que son père ? Il était vrai que lui avait eu des enfants d'une seule femme. Cette question commençait à le hanter, sans compter que son épouse souffrait d'être incapable d'accomplir son devoir de lignage. Il avait besoin d'une réponse. Nul autre que la Pythie, cet énigmatique oracle, ne pouvait la lui donner. Aussi courut-il à Delphes. On lui ouvrit sans mal les portes du temple. Il posa sa question et il attendit que la prophétesse paraisse avec une réponse.

— Quel conseil recherches-tu ici, profane et sacrilège ? demanda une voix masculine, tranchante, inconnue mais familière.

Ce n'était certainement pas celle de la Pythie mais son instinct lui dictait quand même de se tourner vers elle. Il fit ainsi face à un homme dont la carrure, la blondeur et la dureté lui rappelaient celles des Atrides. Ménélas était trop vieux, Agamemnon mort depuis trop longtemps, pour être son interlocuteur. Il ne restait qu'un candidat possible.

— Oreste, devina-t-il.

L'étranger acquiesça.

— Tu ne devrais pas être ici, poursuivit-il. Rentre chez toi.

— Chez moi ? Où est-ce donc ? Je n'ai plus de mère, plus de père, plus de foyer.

Oreste se voulait intimidant mais les Péléides sont peu sujets à la peur. Aussi se plaça-t-il de manière à le défier.

— Je n'y suis pour rien mais si tu déverser ton flot de rage contre moi, attends-moi à l'extérieur, je te répondrai avec plaisir.

— Oui bien sûr. Tout comme ton père, tu respectes les rites sacrés et tu ne veux pas profaner un lieu sacré. Tu es donc entré ici sans arme et sans intention malhonnête. Tu as posé ta question et tu attends ta réponse.

Oreste il planta tout à coup son glaive dans la poitrine du roi d'Épire.

— Mais si tu es comme ton père, fils d'Achille, je suis comme le mien. Je me moque de faire couler le sang si cela me permet d'avoir ce que je veux. Je ne respecte pas comme les tiens les rites anciens. Quant à la réponse à ta question la voici : Hermione ne t'appartient pas. Elle est mienne. Et je vais la récupérer.

Oreste dit et retira son arme. Sa victime tomba à genoux, sa vie la quittant.

Sa vie durant, Néoptolème avait été le digne fils d'Achille. Sa vie durant, son destin avait été lié au sien. Aussi sourit-il à la mort qui l'accueillait : Achille avait marché vers sa mort à cause d'un Atride et pour Hélène. Une génération plus tard, lui, Néoptolème, perdait la vie à cause d'un autre Atride et pour la fille d'Hélène. Sa vie durant, il avait été lié à son père. Il n'en pouvait être autrement à sa mort.

De nuit ou de jour 5

Le fils de l'architecte 13

Vengeance aux Enfers 19

Malédiction 27

Comme la pudeur l'indique… 33

Promenade entre hommes 39

Le bon vieillard 45

Troyen survivant 49

Oraison funèbre 55

Tel père, tel fils 59

De nouveaux récits (presque) mythologiques dans un troisième volume :
Bienvenue à Rome…

(à paraître…)

N'hésitez pas à partager vos impressions sur ce recueil à l'adresse suivante :
colinepaddoc@yahoo.fr

ou sur le blog suivant :
http://floriane-brement-auteur.blog4ever.com/

Couverture : Juliette Durif
https://www.coupdecreons.com/

© 2018, Floriane Brement
Éditeur : BoD – Book on Demand,
12/14 rond-point des Champs Elysées, 75008 Paris
Impression : BoD – Book on Demand, Allemagne

ISBN : 978-2-3221204-3-7

Dépôt légal : avril 2018